소를 웃긴 꽃

소를 웃긴 꽃

윤희상 시집

문학동네

自序

무엇인가. 이쯤에서, 다시 묻지 않을 수 없다.
학교에서, 또는 책에서
시를 정의하는 역사는 오류의 역사라고 배웠다.
그렇더라도, 붙잡고 싶은 사람에게는
시가 지푸라기 같은 것이라도 되었으면 좋겠다.
하지만, 자신이 없기는 마찬가지이다.

아내 최미숙에게, 딸 윤지원에게,
아들 윤정원에게 감사드린다.
나는 시를 쓴다고, 새벽 한시와 네시 사이에
그들을 불편하게 했다.

살면서 자주 달관한다.
시를 쓰기 위해, 나는 달관하지 않아야 한다.

2007년 서울에서

尹熙相

차례

自序

농담할 수 있는 거리　11
누가 깃발을 붙잡고 있다　13
깡통이 소다　14
점잖은 구름　15
거울과 여자　16
어린이놀이터 부근　17
면죄부　18
서랍장은 좋겠다　19
바그다드　20
당신의 하루　22
삼호상가　23
참나리꽃이 피는 사연 — 崔仁勳 선생님에게　24
사과를 기억하는 방식　26
홍수　27
영산강을 추억함　28
검색창, 세상에서 가장 큰 입　30
下棺을 마친 뒤에 울었다　31
아이들아, 재래식 화장실은 무섭지 않다　32
채널 2003　33
소를 웃긴 꽃　36
죽은 나무　37
밀양연극촌　38
선배의 긴 그림자　40
화가　41
物流　42

세계타일박물관	44
유혹	46
심심하다, 의자에게 시비를 걸어볼까	47
불면증	48
미친 여자의 미소	50
눈처럼 게으른 것은 없다	52
금붕어와 싸웠다	53
옛날, 옛날에	54
창후리에서	55
다시, 영산강을 추억함	56
먼 곳의 길 끝에서 한 사람이 서 있었다 자세히 보니, 내 친구 9였다	57
달의 마을에서	58
어느 장례식	59
종이로 만든 마을	60
봄꽃	61
어떤 기록, 19990619×20020629	62
걸어다니는 무덤	63
지금, 강물은 썰물이다	64
形狀記憶合金	66
천장은 천장이다	69
마음	70
십팔 년 전 오늘, 한강을 보러 갔다	71
내게는 지금 내가 없다	72
시인에게, 숲 해설가는 말한다	73

꿈꾸는 블라디보스토크	74
나에게로 출근하고 싶다	75
수박의 뼈	76
마흔 살의 독서	77
田榮鎭	78
영진이 여동생	80
칼에 갇힌 사내	81
光州 五月團	82
토끼는 어디로 갔을까	83
말의 힘으로 가는 기차	84
사과는 굴렀다	85
유성에서 공주로 가는 길	88
강변에서 죽은 나무를 보았다	89
해설│박수연 되돌아오는 표현들	90

농담할 수 있는 거리

나와 너의 사이에서
바람이 불고, 비가 내리거나, 눈이 내린다

나와 너의 사이는
멀고도, 가깝다
그럴 때, 나는 멀미하고,
너는 풍경이고,
여자이고,
나무이고, 사랑이다

내가 너의 밖으로 몰래 걸어나와서
너를 바라보고 있을 즈음,

나는 *꿈꾼다*

나와 너의 사이가
농담할 수 있는 거리가 되는 것을

나와 너의 사이에서

또 바람이 불고, 덥거나, 춥다

누가 깃발을 붙잡고 있다

젊은 사람의 버릇일까 아니면 모든 사람의
버릇일까 버릇이 가볍다면 본능일까 본능이
아니라면 이성이라고 해도 좋다 낡은 천을
깁고 기워서 깃발을 세워도 깃발 아래로
사람들이 모인다 사람들이 깃발을 붙잡았다
놓았고, 놓았다가 다시 붙잡았다 그래,
깃발을 붙잡아봐라 견디는 데까지
견디는 것이지 깃발은 붙잡아도
외롭고, 놓아도 외롭다 지금, 바람 부는 거리에서
누가 깃발을 붙잡고 있다

깡통이 소다

깡통 하나를 긴 끈에 매달고
들판으로 나간다
소야,
이것은 풀이니,
먹어라
풀밭이다
소야,
이것은 물이니,
마셔라
개울이다
소야,
이것은 쇠말뚝이니,
잠시 쉬거라
푸른 들판이다
소야,
이제 해 떨어지고 어두워지니,
집으로 돌아가자
집이다

점잖은 구름

구름이 자연스러워야 합니다
성난 구름은 찍지 마세요
괜히 오해받습니다
뭉쳐 있는 구름도 좋지 않습니다
슬라이드 필름을 현상해놓고 보면,
햇빛 아래에서 눈으로 보는 것보다
더 어둡거든요
그리고, 렌즈 안에서
미리 트리밍하지 말아요
편집 디자이너가 재미없습니다
거센 바람에 휩쓸리는 구름도 그렇겠지요
짙은 가을 하늘에 잠시 머물러 있는 구름이 좋아요
그렇다고, 일부러 꾸며놓은 듯한
모습은 부담스럽습니다
무엇보다, 점잖은 구름을 찾으세요
보는 사람들이 딴생각을 할지도 모르니까
구름이 어떤 형상을 지니고 있어도 불편합니다
그냥, 이미지로만 갑시다
편집자로서 하는 말입니다

거울과 여자

거울이 여자를 숨기고 있다는 것을 알고
있는가 하지만 거울이 여자를 숨기고 있다 여자가
오면, 거울이 열린 문으로 여자에게만 숨기고
있는 여자를 보여준다 거울은 온몸으로
문이다 여자는 그것도 눈치채지 못하고,
여자를 본다 들뜬다 그럴 때마다, 거울은
여자의 뒤로 숨는다 여자가 그랬던 것처럼
침묵한다

어린이놀이터 부근

어린이놀이터 부근에
젊은 여자와 남자가 와서
마주 보고 서 있다
여자가
고개를 숙이고 흐느낀다
남자가
고개를 숙이고 흐느낀다
그렇게 오래도록 서 있다
며칠이 지나,
내가
그곳을 지날 때도
젊은 여자와 남자가
꼼짝도 하지 않고
그렇게 서 있다

면죄부

열 명의 집행인이 모였다. 사형 집행은 뒤뜰에서
있었다. 집행인 가운데 한 명의 총에는
총알이 들어 있지 않았다. 명령에 따라
사형 집행은 시작되었고, 총을 쏘자 사형수는
곧바로 쓰러졌다. 사형장에서 물러서는
열 명의 집행인은 자신이 쏜 총이
빈 총이었다고 생각했다. 그날 사형수는 죽지 않았다.

서랍장은 좋겠다

감초는 감초로 담고,
양귀비는 양귀비로 담고,
흐린 뒤의 노을은 흐린 뒤의 노을로 담았다
속옷은 속옷으로 담고,
아픈 상처는 아픈 상처로 담고,
보고 싶은 얼굴은 보고 싶은 얼굴로 담았다
눈물은 눈물로 담고,
헤어진 날의 우울은 헤어진 날의 우울로 담았다
기쁨이 슬픔을 간섭하지 않고,
여자가 남자를 간섭하지 않고,
미움이 그리움을 간섭하지 않았다
어쩌다가 그것대로 꺼내 보기까지 했다
서러운 것과 애잔한 것과 정든 것과
안타까운 것들이 뒤섞이고 뒤섞인 나의 마음은
아침에 온 새가 물고 가지 않았다

바그다드

바그다드의 천막 안에서 아이가 태어났다
아이는 큰 소리로 울었다
달이 없는 밤에 미국의 전투기들이 바그다드를 침략했다
아이의 겨드랑이에서 날개가 자랐다
낙타가 바그다드의 마을마다 널리 알렸다
사람들이 모였다
아이의 날개가 하늘을 덮을 만큼 자랐다
하늘은 그만큼 깊었다
아이는 하늘을 날아다녔다
아이가 날개를 접으면 낮이 되었고,
아이가 날개를 펴면 밤이 되었다
사막 위로 달이 떴다
달은 사막의 모래 속에서 왔다
마치 어머니가 낳은 것 같았다
그러니까, 달은 알이다
알에서 아이가 태어났다
아이는 큰 소리로 울었다
아이의 겨드랑이에서 날개가 자랐다
아이가 날개를 펴면 밤이 되었고,

아이가 날개를 접으면 낮이 되었다

당신의 하루

바람 부는 언덕
홀로 떠다니는 배
강변에서 서서 죽는 오동나무
소풍 나온 여자아이들의 웃음소리
놀이터의 삐걱거리는 시소
가끔 듣는 죽은 가수의 노래
눈높이에서 흐르는 강
시작도 끝도 없이 돌고 도는 2호선 지하철
지상에서 지하로,
다시 지하에서 지상으로 흩어지는 물의 힘
삼각형에 찔린 어제,
어제를 끌고 가는 오늘
보이는 당신, 보이지 않는 당신
찾을 수 없는 숨은 그림
그림자가 없는 밤

삼호상가

약국 위에 약국이 생기고,
미용실 옆에 미용실이 생기고,
갑자기 비가 내렸다
병원 뒤에 병원이 생기고,
문방구점 아래에 문방구점이 생겼다
수입품가게 앞에 수입품가게가 생기고,
당근과 고구마와 배추를 파는 집 왼쪽에
배추와 고구마와 당근을 파는 집이 생겼다
그럼, 떡집 곁에는 무엇이 생겼을까
믿을지 모르지만,
떡집 곁에는 제과점이 생겼다

참나리꽃이 피는 사연
―崔仁勳 선생님에게

순발력이라고나 할까, 빠르게 움직이잖아
기막히게 앞을 내다본단 말이야
약효가 떨어지면, 재빨리 다른 약을 찾아야지
지금은 마오쩌둥이나, 마르크스도 아니고,
레닌도 아니란 것이지
주체사상을 붙잡고 있는 북측이
다시 단군을 붙잡았단 말이야
그걸 보면, 정치도 아이디어란 생각이 들어
결국, 남측과 북측을
모두 아우를 수 있는 단군이었단 말이지
북측은 단군을 어떻게 찾았을까
그럼, 이 땅에서 아직 단군을 마다하기는 쉽지 않을 거야
어쨌든 단군릉을 쌓았잖아
어렸을 때 보았지
마을 사람들이 다 모인 마당에서
무당이 대나무를 붙잡았어
그때는 모두가 한 울타리 안에서 살았던 셈이지
이제, 무당이 단군을 붙잡았네
하늘이 낮아지고 있구만,

아, 시원한 비라도 오려나보네
자네는 남측과 북측의
이번 선언을 어떻게 생각하나
저것 보게, 울타리를 따라 참나리꽃이 피었네

사과를 기억하는 방식

미술관에서
설치미술을 보았다

사과였다

그날 밤,
꿈속으로
사과가 굴러들어왔다가
항문 쪽으로
곧바로 사라졌다

아침에 깨어보니,
입 안에
신맛만 남았다

어려서 먹은 사과였다

홍수

강물이 넘친다
강물이 들판을 덮고,
강물이 마을을 덮는다
강물 위로
지붕이 뜬다
지붕이 떠내려간다
지붕 위에
닭 두 마리
앉아 있거나
서 있다

사람은 없다

영산강을 추억함

강물을 따라 바다에서 돛단배가 옵니다
그냥 오지 않습니다
바람이 돛단배를 밀고 옵니다
돛단배는 뭍으로 옵니다

아이는 강둑에 서 있습니다

강물을 따라 뭍에서 돛단배가 갑니다
그냥 가지 않습니다
바람이 돛단배를 밀고 갑니다
돛단배는 바다로 갑니다

그래도, 아이는 강둑에 서 있습니다

강물은 오는 뱃길을 지우고,
가는 뱃길을 지웁니다
다시 돛단배는 오는 뱃길을 만들고,
가는 뱃길을 만듭니다

그러는 사이, 아이는 풍경 밖으로 놀러 갑니다

온데간데없습니다

먼 곳에서, 풍경도 문을 닫습니다

검색창, 세상에서 가장 큰 입

下棺을 마친 뒤에 울었다

아이들아, 재래식 화장실은 무섭지 않다

채널 2003

2003년산 텔레비전은
서울특별시 노원구 하계동 170번지
노원구 재활용센터 앞마당의 풀밭에 버려졌다
버려진 아이들이 그렇듯이,
처음에는 맡겨진 것이었지만
끝내는 버려졌다
텔레비전 화면에서는
아침마다 학교 가는 아이들이 나오고,
수도관을 고치러 가는 아저씨도 잠깐 비쳤다
고지서를 들고 빠른 걸음으로 은행을 가는
할머니도 보였다
텔레비전이 거울이다
밤에는 남자와 여자들이 와서
입맞춤을 했다
비가 오기도 하고,
눈이 내리기도 했다
좁은 길목을 따라 학지아비들이 찾아왔을 때는
즐거웠다
먹고 싶을 때,

먹고 싶은 것이 나왔다
장례행렬이 지나갈 때는 슬펐다
여자가 남자에게 헤어지자고 말했다
중국음식점 배달원이 오토바이를 타고 골목으로 왔다
하마터면 남자는 여자의 낮은 목소리를
듣지 못할 뻔했다
자꾸 다리가 후들거렸다
쌓인 눈 위에서 미끄러졌다
남자는 서 있고, 여자는 떠났다
슬픔은 슬픔을 낳고,
우울은 우울을 견디지 못했다
발자국은 남지 않았다
다시 눈이 쌓였다
아직도 결혼하는 풍습은 남았다
계절이 바뀌면서,
어느새 텔레비전의 코드는 땅 속에 파묻혔다
전깃줄을 따라 물이 오르고,
새싹이 돋았다
전깃줄이 탯줄이다

나무가 자랐다
나무가 텔레비전을 뚫고 나왔다
코드가 뿌리였다
나무는 셀 수 없을 만큼 많은 나뭇잎을 달았다
새가 울었다
그러자, 많은 나뭇잎 위로 텔레비전 화면이 올라탔다

소를 웃긴 꽃

나주 들판에서
정말 소가 웃더라니까
꽃이 소를 웃긴 것이지
풀을 뜯는
소의 발 밑에서
마침 꽃이 핀 거야
소는 간지러웠던 것이지
그것만이 아니라,
피는 꽃이 소를 살짝 들어 올린 거야
그래서,
소가 꽃 위에 잠깐 뜬 셈이지
하마터면,
소가 중심을 잃고
쓰러질 뻔한 것이지

죽은 나무

이제 그늘을 만들지 못하리라
수목원에서 쓰러진 나무를 보았다
잎이 모두 떨어지고 없었다
이름표를 달고 있었다
후박나무였다
아이들과 함께 이름을 불러보았다
대답하지 않았다
죽은 것이다
가까이 가서 들여다보았다
썩은 줄기 속에서
곤충을 키우고 있었다

밀양연극촌

어둠 속에서 연극이 만들어진다
관객들이 승용차를 타고 부산에서,
또는 울산에서, 대구에서, 경산에서, 청도에서 왔다
그러는 사이, 배우들이 나무를 타고 올라가 등을 달았다
이윤택이 사다리를 걸어올라가 등을 달았다
어둠은 숲속으로 물러갔다
그렇게 무대와 배우가 만들어지고,
연극이 만들어지는 모습을
관객들이 나무 아래 앉아서 다 본다
무대가 모두 열려 있다
이곳에서는 무대가 없고, 있다
객석도 있고, 없다
마치, 배우에게는 관객이 배우이고,
관객에게는 배우가 관객이다
언제든지 자리바꿈이 가능하다
무대와 객석의 사이에는 틈이 없다
정확히 말하면, 무대만 있다
모든 사람들이 무대 안으로 들어와 있다
연극이 끝나고, 등불도 꺼졌다

승용차 불빛을 따라,
왔던 사람들이 왔던 곳으로 흩어졌다
항상, 어둠은 숲속에서 온다
달빛도, 별빛도 사그라졌다
이미, 새들은 잠들었을까
어느새, 무대 안으로 어둠이 스몄다
하지만, 조심할 것
한 번이라도 이곳에 왔던 사람들은
다시는 무대 밖으로 나가지 못한다

선배의 긴 그림자

선배와 함께
인사동에서 술을 마신다
술에 취한 선배와
인사동에서 헤어진다
선배가
인사동 밖으로 걸어갈 때까지
선배의 긴 그림자는
아직 인사동 안에 남는다
내가
선배의 긴 그림자를 밟고 서면
이미 인사동 밖으로 나간 선배가
다시 돌아설 것만 같다
선배는 보이지 않고
선배의 긴 그림자가 남는다

화가

화가는
바람을 그리기 위해
바람을 그리지 않고
바람에 뒤척거리는 수선화를 그렸다
바람에는 붓도 닿지 않았다
그러는 사이,
어떤 사람들은
그곳에서 바람은 보지 않고
수선화만 보고 갔다
화가가 나서서
탓할 일이 아니었다

物流

에스컬레이터와 컨베이어벨트는 비슷한 말, 모였다가
흩어지고, 흩어졌다 다시 모였다 전철역에서 제물포로 떠나고,
청량리로 떠났다 집은 잠깐 머물다가 떠나는 물류창고,
밤마다 만났다가 아침에 헤어졌다 출발을 알리는
이메일을 잘 받았을까 며칠 동안 이십삼 번 아저씨가
보이지 않았다 자동차는 인터체인지에서 분류된다 캄캄한
터널 속에서 물신들이 발목을 붙잡았다 나와 아내가
분류되고, 어쩔 수 없이 딸과 아들이 분류된다 엑스레이
앞에서 판에 박힌다 비밀번호를 기억할 것, 끝내는
몸과 마음이 이탈한다 열쇠는 어디에 있을까 도착지를
알지 못한다 꿈속에서 물류표들이 떠다녔다 왜, 이럴까
버스 속에서 진공포장된다 분류 규격에 맞추기 위해
아파트에서 산다 자동차의 이름이 카니발, 우리말로는
축제 주사기에 휘발유를 넣고, 혈관주사를 맞는 사람이
있는지도 몰라 아침마다 카니발 자동차를 타고
일하러 간다 엘리베이터를 기다리고 있다 분류되기 위해
나를 더하고, 나눈다 그리고 떠난다 불러도 멈추지 않는
날들이 계속된다 모였다가 흩어지고, 흩어졌다 다시
모였다 마주 잡은 손을 잘 붙잡았다 어디로 가는지

서로 묻지 않았다 그런데, 나의 바코드는 어디로 갔을까
좀더 빠르게, 물처럼 흘렀다

세계타일박물관

꽃이 피었다
벌과 나비도 날았다
구름도 붙잡았다
사랑도 보이고, 선녀가 산다
사치라면 사치다
왕의 무덤을 만들었고, 공주의 욕조를 꾸몄다
모두 타일로 만들었다

나고야에서
가족들과 함께 도코나메선 열차를 타고 갔더니,
옛날에 가마터가 있었던
조용한 마을 속에 곱게 생긴 박물관이 있다

지난날의 뜨거웠던 큰 가마 안에서는
관람객들이 의자에 둘러앉아 서양 나라의 음악을 듣고,
박물관의 전시실마다
여러 나라의 타일이 가득하다

타일은 흙으로 만들었다

눈이 즐겁다

그렇더라도,
꼼꼼한 것일수록 가난한 나라의 배고픈 아이들이 만들었다

전시실에서 정신을 차리고 자세히 보았다

어쩌면, 흙에 닳아서인지
아이들의 손에는 손톱이 없다

유혹

하루 일을 마치고, 차와 함께 미아리 고개를
넘어 집으로 간다 길이 막혀 꼼짝할 수 없이
차들이 멈추어 섰다 어디에서 날아왔는지
풍선 하나가 이 차를 툭 치고 지나고,
저 차를 툭 치고 지난다 차들이 모두 멈추어 선
도로에서 단지, 풍선 하나가 자유롭다
춤을 춘다 하지만, 얼마나 무거웠을까
차 속의 그 많은 사람들의 눈길이 머물렀으므로
그날, 사람들은 다른 말을 하지 못하리라
잠깐 동안, 풍선에게 마음까지 빼앗겼다는 것을

심심하다, 의자에게 시비를 걸어볼까

저 푸른 정원의 잔디 위에, 테이블 옆에,
의자가 있다
의자는 저 혼자 의자이다
사람을 위해 만든 의자는
단지, 다리가 하나인 의자이거나,
어쩌다가 다리가 두 개인 의자이다
쓰러진 의자를 일으켜세우고 싶다
그런 의자라야만이 사람의 다리와 만나
의자가 된다
그것이 사람을 위해 만든 의자이고,
그것이 의자를 위해 만든 의자이다
그것이 사람과 함께 놀 수 있는 의자이다
그래서, 의자는 많지만, 의자는 없다

불면증

바람을 몰고 다니는 골목과
읽다 만 책들과
아직도 소리가 남아 있는 에프엠 라디오와
생각과 생각 사이의 생각과
또렷하게 커튼의 밖에서 움트는 빛과
커튼의 안에서 어둠보다도 더 어두워서
쉽게 알아볼 수 있는 어둠과
앞으로도 지지 않을 벽지의 꽃들과
눈을 감아도 보이는 얼굴과
자지 않는 나와
나를 자게 하려는 나와
어울리다가, 끝내는 잠 못 이루는 나와
차를 타고,
장성
담양
곡성
구례
화순
광주

나주
영광
함평
무안
목포
신안
영암
장흥
강진
해남
진도
완도
승주
보성
광양
순천
여수
고흥

미친 여자의 미소

남대문로 4가와 남대문로 5가 사이에서
여자는 웃고 있다
추운 겨울을 견딘 여자는 웃고 있다
다시 봄날은 오고,
눈길 줄 곳 없이 여자는 웃고 있다
여자에게서 웃음 아닌 것은 없다
여자는 밑도끝도없이 웃고 있다
무엇을 더할 수도 없고, 무엇을 뺄 수도 없다
더군다나 흉내낼 수도 없고,
결코, 흉내내서는 안 될 웃음이다
뜻이 있다면, 뜻이 없는 웃음이다
기쁨이 있다면, 기쁨이 없는 웃음이다
향기가 있다면, 향기가 없는 웃음이다
슬픔이 있다면, 슬픔이 없는 웃음이다
숨겨진 것이 있다면, 숨겨진 것이 없는 웃음이다
읽어도 옮길 수 없는 웃음이다
그래서, 끝내는 읽을 수 없는 웃음이다
웃음을 지울 수 있다면,
지우고, 지우고, 또 지운, 그러나 지워지지 않는 웃음이다

웃음 뒤의 얼굴을 알 수 없는 웃음이다
내가 일을 하러 갈 때,
내가 밥을 먹으러 갈 때,
내가 나의 여자를 만나러 갈 때,
여자는 웃고 있다
그렇게 여자는 웃고 있다
가질 수도 없고,
만질 수도 없다
멀리 있는 꽃이다

눈처럼 게으른 것은 없다

나주 장날,
할머니 한 분이
마늘을 높게 쌓아놓은 채 다듬고 있다
 그 옆을 지나가는 낯선 할아버지가 걱정스런 표정으로 말을 남기고 간다

"그것을 언제 다 할까"

그러자, 할머니가 혼잣말을 한다

"눈처럼 게으른 것은 없다"

금붕어와 싸웠다

나에게는 금붕어가
어항 속에 있고,
금붕어에게는 내가
어항 속에 있다
그래서,
금붕어와
나는
밤이 새도록 싸웠다

옛날, 옛날에

어미는 마루 밑에서 살았다
강아지 다섯 마리 가운데
먼저 죽은 두 마리를
볕이 좋은 밭 언덕에 묻었다
무덤의 봉분까지 만들고 나서
절을 했다
누가 볼까 싶어, 두리번거리다가
또 절을 했다

창후리에서

대하양식장 한가운데
긴 말뚝을 세우고,
말뚝 끝에 죽은 갈매기를 매달았다
바닷바람이 죽은 갈매기를 흔들 때마다
갈매기들이 바다 쪽으로 흩어진다
갈매기가 갈매기를 쫓고 있다
바닷가에 갈매기 울음소리가 가득하다
대하양식장 주인이 둑길을 걸어서
집으로 간다

다시, 영산강을 추억함

바람이 분다

비가 오나,
눈이 오나,
아이는 강둑에 서 있다

그렇게,
아이는 강둑에 서 있다

몇 해가 지나,
강둑에서 돌장승이 발굴되었다

마을 사람들이 모여서
수근거렸다

바로, 그 아이라고

먼 곳의 길 끝에서 한 사람이 서 있었다
자세히 보니, 내 친구 9였다

9

달의 마을에서

아직은 깊어지지 않은 잠 곁에 몇 채 집들이
흔들리고 있다 흔들릴 때마다 제자리에서 포개지는
어둠들 사람들이 달 구경하러 지붕을 오른다 바람이
불었다 땀에 젖은 몸이 쉽게 무너진다 사람들이
숲속으로 가서 서로의 식은 가슴을 어루만지며
풀잎에 기대어 앉았다 풀잎이 흔들린다 벗어놓은
옷가지 위에 달빛이 묻어 있다 달빛이 흘러내린다 달빛에
젖은 사람들이 하늘 쪽으로 모여 앉아서 술을 마신다
마신 술이 바다로 흘러가서 섬을 만든다

어느 장례식

아파트 주차장에서 만난
이웃집 아주머니가
울면서 집으로 간다
아주머니의 뒤를 따라
아저씨가 집으로 간다
입술을 굳게 다물었다
눈두덩이에는
아직도 눈물자국이 남았다
다 큰 딸도 울었던 얼굴이다
시에서 운영하는 변두리 폐차장에서
사용 기간이 다 지난 차를
폐차시키고 오는 길이다
아저씨는 개인택시 운전사이다

종이로 만든 마을

일찍이 이 마을에는 종이로 만든 하늘이 있었고,
종이로 만든 땅이 있었다 종이로 만든 사람들은 종이로
만든 집을 짓고, 종이로 만든 아이를 낳고
살았다 종이로 만든 나무도 있고, 종이로 만든 숲도
있었다 당연히 종이로 만든 새도 있었다 이 마을
사람들은, 더러 종이로 만든 새소리를 들었다 그렇지만
종이로 만든 장애인 학교는 세우지 않았다 종이로
만든 쓰레기 시설을 만드는 것도 싫어했다
종이로 만든 화장터를 짓는 것도 싫어했다 이미
알고 있듯이, 이 마을 사람들은 아프지 않고,
쓰레기를 버리지 않고, 결국 죽지도 않았다

봄꽃

전쟁은 먼 나라에서 시작되는 줄 알았더니,
겨울 동안 버리다시피, 밀어두었던 화분에서
아이고, 민망하여라 꽃이 피었다
활짝 핀 꽃이 나를 향한 대공포란 말이냐
봄이다

어떤 기록, 19990619×20020629

서해바다에서
남측과 북측의
해군 함정들이 포를 쏘며 싸우고,
동해바다에서
금강산 가는
유람선이 떠다닌다

걸어다니는 무덤

지난 겨울,
나의 친구는
일곱 살 된 딸을
가슴에 묻었다

지금, 강물은 썰물이다

날마다 해가 뜨고,
달이 뜬다
지금, 강물은 썰물이다
먼 대륙으로 여행을 다녀온
아내와 두 아이는
낮에 자고, 밤에 일어났다
아내와 두 아이는 붙잡혀 있다
해가 뜨면,
서로의 이름을 불렀다
아내와 두 아이는 달아나지 않았다
다시 달이 뜨면,
서로의 이름을 불렀다
살갗에 햇볕이 묻어 있다
붙잡힌 흔적이다
옷깃에 달빛이 묻어 있다
잠결에 어렴풋이 물결치는 소리를 들었다
아내와 두 아이가 천천히 풀려나고 있다
해와 달이었을까
아내와 두 아이를 놓아주고

창문 틈 사이로 빠져나갔다
얼굴은 자세히 보지 않았다
나는 쫓아가지 않았다
다행히, 아내와 두 아이는 웃고 있다

形狀記憶合金

어느 탈영병의 죽음
탈영병이 깊은 산속의
방공호에 숨어들었다가
추워서 얼어 죽었는데,
웅크리고 있는 것이
어머니 뱃속의
태아같더란다

음악을 듣는 귀
혼자 山寺에 갔다가
그곳의 주차장 한켠에서,
차 속에서
음악을 들었다
음악을 듣는
나도 잊어버리고
음악을 들었다
들리는 음악을 간섭하지 않고
음악을 들었다

음악이 들리고, 듣는다는
생각도 지우고
음악을 들었다
음악을 듣는
나는 온몸을 종이접기한다
온몸이 귀가 된다
귀만 있다
웅크리고 음악을 듣는 내가,
그러니까, 음악을 듣는
귀가 태아를 닮았다
음악을 들었다
나는 그 자리에서,
마치 없는 것 같았다

침대에서 떨어진 아이의 잠
임신한 아내와 함께
산부인과에 다녀보신 적이 있나요
새벽에 쿵 소리가 들려

아이가 잠자는 방으로 가보았더니
침대에서 잠자는
딸이 또 침대 밑으로 떨어졌다
떨어져서 자고 있다
웅크리고 자고 있다
딸이 엄마 뱃속에 있을 때,
산부인과에서 찍어준
사진이다

천장은 천장이다

천장이, 왜 천장인지 이제서야 알겠다
문구점에서 요즈음 유행한다는 별과 행성 모양의
야광 스티커를 사다가 천장에 붙였더니, 천장이 되었다
이른 저녁에도 나는 어린 딸과 함께 방에 들어가
불을 끄고 방바닥에 드러누워서 천장을 본다
영락없이 우리는 우주를 떠도는 사람들이다 떠도는
사람끼리 손을 붙잡는다 별이 뜨고, 달이 뜨고,
은하수가 흐른다 별볼일없는 서울에서
별을 본다 이따금씩 천장에서 별이 떨어진다 어느 날은
달이 떨어지고, 궤도를 벗어난 목성과 천왕성이 함께
떨어지기도 한다 그럴 때마다 나와 딸은 걱정이다

마음

가두지 않았다
담이 없다
울타리도 없다
부드러운 털을 지녔다
날뛰는 짐승들이 산다
날카로운 발톱을 지녔다
돌보는 사람도 없다
어디로 뛸지 모른다

십팔 년 전 오늘, 한강을 보러 갔다

독산동 찬휴 형 집에서 자고 나온 철주 형과 나는
코카콜라 공장 앞에서 찬휴 형과 헤어졌다. 찬휴 형은
철주 형과 나에게 미안한 표정을 지으며, 출판사로
일하러 갔다. 시내버스 정류장은 출근하는 사람들로
붐볐다. 철주 형과 나는 찬휴 형에게 교통비를
얻었지만, 갈 곳이 없었다. 그래서 한강을 보러
가기로 했다. 굳이 빠른 길로 갈 필요도 없었고,
길을 잘못 들어서 멀리 돌아가더라도 짜증낼
일이 아니었다. 걷다가 지루했는지, 철주 형이
나에게 말했다. 희상아, 워메, 니미 구두 밑창만
닳아진다. 얼마나 걸었을까. 철주 형과
내가 흑석동 언덕에 이르렀을 때, 한강이
보였다. 철주 형과 나는 강 언덕에 앉아
구두 밑창을 들여다보았다.

내게는 지금 내가 없다

학교 다닐 때
여학생에게 준 나의 마음,
나의 얼굴, 나의 가슴,
아마 나의 발을 가지고 있는 사람은
학교를 졸업하고 만난
구두점 아저씨이다
수제화를 만드는 아저씨는
발이 불편했다
나는 그렇게 나를 만났던
사람들에게로 가 있다
내가 나를 만나려면
나를 만났던 사람들에게로 가야 한다
그 사람들 가운데
벌써 죽은 사람이 있다
내가 죽어야 만나는 사람이 있다
내게는 지금 내가 없다

시인에게, 숲 해설가는 말한다

단풍이 참 좋습니다

나뭇잎에
단풍이 드는 것은

단지,
겨울을 견디기 위해
나무들이
미리 구조조정을 하는 것입니다

꿈꾸는 블라디보스토크

어둠 속에서
아이들이 연을 날리고 있다
자세히 보니,
찬바람이 달을 끌고 왔다
자작나무 언덕 위에 둥근 테이블이 있다
둥근 테이블 둘레에 의자가 놓여 있다
먼저 온 조선족 처녀가 와서 앉았다
고려인 청년이 와서 앉았다
조선인 여자가 와서 앉았다
한국인 남자가 와서 앉았다
반갑습니다
달이 밝다
오늘온 보드카로 합시다
바이칼 호수도 가보고 싶다
바람이 좋다
배가 항구를 빠져나간다
멀리, 청진으로 떠나는 배를 바라보고 있다

나에게로 출근하고 싶다

오늘은 양복 안쪽 호주머니에
사직서를 넣고,
그 동안 다니던 회사로 출근한다

아내는 아파트 문 밖에서 배웅하며
손을 흔들고, 나는 이제

나에게로 출근하고 싶다

수박의 뼈

딸이 세 살 되던 해 여름,
수박의 씨앗을 수박의 뼈란다
그래, 오늘부터 수박의 씨앗은 수박의 뼈다

마흔 살의 독서

행과 행 사이에서
잠시, 스산한 마음을 놓쳤다
어쩌면 살아갈 날들이
살아온 날들보다 많지 않으리라

지금 읽는 책을
언제 또다시 읽을 수 있을까

이제부터 읽는 책들은 이별이다

田榮鎭

광주 조선대학교부속중학교를 함께 다녔다

1962년 12월 5일에 태어나
1980년 5월 21일에 죽었다
고등학교 3학년이었다

이웃집에서 살았다

계엄군이 쏜 총에 맞아 죽었다

1980년 5월 21일,
그는 광주의 거리에 있었고,
나도 광주의 거리에 있었다

그는 총에 맞았기 때문에 죽었고,
나는 총에 맞지 않았기 때문에 살았다

어쩌면, 우리는 걸었다
걷는 것이나 다름이 없었다

그는 죽어서 걸었고,
나는 살아서 걸었다

혹은, 잘못 걷고 있는 것은 아닐까,
살을 꼬집었다

다리가 아팠다

영진이 여동생

며칠 전부터,
나는 건너편 하숙집 이층에서 바라보고 있었다
광주에서 1980년 5월에 계엄군이 쏜 총에 맞아
죽은 영진이, 영진이 죽은 뒤로 그의 여동생이
이층 뒤켠 베란다에 나와서
하루 종일 앉아 있었다
흰 벽에 기대어 앉았다 일어섰다
앉았다 일어섰다 앉아 있었다

칼에 갇힌 사내

1980년 5월 19일 해질 무렵,
광주교육대학교 건너편 주택가에서
한 사내를 쫓고 있었다
완전 무장한 계엄군 두 명이
한 사내를 쫓고 있었다
사내는 더 도망갈 수도 있었는데,
그 자리에서 그냥 주저앉아버렸다
완전 무장한 계엄군 두 명이
붙잡은 사내를 무릎 꿇게 했다
완전 무장한 계엄군 두 명이
사내가 무릎 꿇은 땅에
두 자루의 전투용 칼을 꽂았다
사내는 칼에 갇혔다
칼에 갇힌 사내는 아무 말도 하지 않았다
완전 무장한 계엄군 두 명이
붙잡은 사내를 차에 싣고 갔다

光州 五月團

꽃 피는 봄날,
꽃그늘에 들어가 울었다.

1980년 5월 이후로,
나의 안에서 이십여 년 동안 암약해온 무력 집단.

토끼는 어디로 갔을까

많은 사람들이 죽었다
시신을 묻고 있다고 해서 혼자 망월동 묘지에 갔다
혹시, 계엄군이 숨어 있다가 총으로 쏠지도 모르니까,
교복을 입고 갔다
시내버스 종점에서 내려 먼길을 걸었다
이미 많은 무덤들이 만들어졌고,
더 만들기 위해 미리 땅을 파놓았다
해가 지고 있다
기억해야 된다고, 반드시 기억해야 된다고,
나무 푯말에 적힌 죽은 친구의 묘지번호를 되뇌었다
관리인이 펌프물을 받아 손을 씻고 있다
아직도 죽은 사람들이 더 실려올 것이라고도 했다
묘지 옆에 토끼장이 하나 놓여 있다
근처의 마을에서 가져왔나
토끼장 속에 토끼는 없고, 죽은 사람들의 수첩, 열쇠, 머리빗,
돈, 볼펜, 교련복, 수건, 운동화, 그런 것들이 들어 있다
누군가를 기다리고 있다
토끼는 보이지 않았다

말의 힘으로 가는 기차

　이천오년 구월 이십일자 신문을 보면,
뉴욕에서 로스엔젤레스까지 가는 기차의 사진이 실렸다.
설치작가 전수천의 작품, 움직이는 선 드로잉이다.
재미있는 것은 나의 친구 신경숙이 그 기차 안에서
사람들에게 소설을 읽었단다. 그러니까. 글이 말이 되어,
기차의 굴뚝으로 곧바로 흩어졌으리라.
흩어져서 나무라는 말은 나무가 되고,
여자라는 말은 여자가 되고, 길이라는 말은 길이 되고,
　노을이라는 말은 노을이 되고, 하늘이라는 말은 하늘이 되었단다.
　혹은, 그런 말이 장작불로 뜨겁게 타올랐으리라.
　그렇게, 말의 힘으로 기차는 갔으리라.

사과는 굴렀다

그러니까, 정릉터널 앞에서
호주머니 속의 사과를 꺼내 먹으려다
놓치고 말았다
사과는 굴렀다
국민대학교 앞을 지나고,
성북동으로 이어지는 버스 종점을 지나고,
사과는 굴렀다
봉국사 앞을 지나면서
스님의 목탁 소리를 들었고,
정릉천 복개도로를 지나면서
땅 밑으로 흐르는 물소리를 들었다
사과는 굴렀다
내리막길이었고, 어쩔 수 없었다
사과는 구르면서 먼 하늘의 달을 보았다
멈추고 싶었다
주저앉고 싶었다
그럴수록 빠르게, 사과는 굴렀다
구르는 힘이 구르는 힘이 되었다
단지, 기울기를 따라 굴렀다

정말, 어처구니없게도
저절로 사과는 굴렀다
어느새 그랬다
생각보다 먼저 사과는 굴렀다
지나가는 개가 물고 가지 않았다
미아리의 홍등가를 지날 때는
황홀한 불빛이 좋았다
그럴 때도 있었다
종암경찰서 앞을 지나고,
아래로 아래로만 사과는 굴렀다
말하지 않으려고 했지만,
사과는 구르면서
껍질이 벗겨지는 아픔이 있었다
속살이 드러나는 아픔이 있었다
사과는 구르면서 먼 하늘의 해를 보았다
이제, 씨만 남은 사과는
고려대학교 부근의 길목에서
멈추었다
우연히 그랬다

아니다,
구르는 힘을 잃었다
씨앗에서 싹이 트고,
비가 내렸다
그곳에서 뿌리를 내렸다
사과나무가 자랐다
하늘은 높았다
당연히, 사과가 열렸다
빛이 스며들 틈이 없었다
나무 아래, 넉넉한 그림자를 만들었다

유성에서 공주로 가는 길

왜, 여행이 시작되었는지
나는 말하고 싶지 않다
나는 모른다
유성 시외버스 정류장에서
공주로 가는 버스를 탔다
버스는 구불구불한
흙길로 접어들었고,
나는 버스가 빨리 가도 좋고,
늦게 가도 좋다
창 밖으로 눈이 내린다
바람이 분다
다시 눈이 내린다
그럴 때마다
버스에서 어떤 사람은 내리고,
어떤 사람은 탄다
굳이, 목적지를 두고 떠난 것도 아니지만,
버스는 간다

강변에서 죽은 나무를 보았다

나무가 무섭다
결코, 물러서지 않을 자세이다
번개가 쳐도
달아나지 않는다
죽어도 서서 죽는다
그대로 무너진다
오는 곳이 가는 곳이다
태어나고, 자란 곳이 무덤이다
비겁하지 않다
아무 일도 없었다는 듯이
강물을 흘려보낸다

| 해설 |

되돌아오는 표현들

박수연(문학평론가)

　기표의 반복은 기의의 반복을 동반할 수밖에 없다. 이 반복은 그러나 동일한 것들의 회귀를 부정함으로써만 가능한 반복이다. 아니, 그 이전에 동일한 것의 회귀는 그 부정마저도 일어날 수 없을 정도로 불가능하다고 해야 할 것이다. 이미 과거로 흘러간 사건은 저 캄캄한 심연의 무형적 에너지로 변해 있을 뿐이다. 동일한 형식은 오직 기억의 형식을 통해서만 되돌아오지만, 기억은 언제나 현재적 맥락 아래에서만 의미를 부여받을 수 있다.

　시적 표현들의 반복은 그러므로 동일성과 비동일성이 각축을 벌이는 과정이며 언제나 과정만이 반복되는 과정이다. 다른 것은 없다. 있는 것은 과정을 채워나가는 욕망일 뿐이다. 윤희상은 그것을 '사이'이자 '거리'로, 그 '사이'와 '거리'를 채워넣는 무정형의 힘들로 바꿔부를 것이다. 시집의 서시 「농담할 수 있는 거리」는 '사이' '거리' '무정형의 힘' 그리고 그것들이 함께 모인 결과를 보여준다. 독자들에게 이것은 그의 시집의 예표이다.

    나와 너의 사이에서
    바람이 불고, 비가 내리거나, 눈이 내린다

    나와 너의 사이는
    멀고도, 가깝다
    그럴 때, 나는 멀미하고,
    너는 풍경이고,
    여자이고,
    나무이고, 사랑이다

    내가 너의 밖으로 몰래 걸어나와서
    너를 바라보고 있을 즈음,

    나는 꿈꾼다

    나와 너의 사이가
    농담할 수 있는 거리가 되는 것을

    나와 너의 사이에서

또 바람이 불고, 덥거나, 춥다

―「농담할 수 있는 거리」 전문

"나와 너의 사이"는 네 번 반복된다. 그 반복은 시 전체에 걸쳐 있는데, 첫번째 연과 마지막 연은 특히 그것의 결정적 지표이다. "나와 너의 사이에서"가 동일하게 출현하고 "바람이 불고"가 "또 바람이 불고"로 변주된 다음, "비가 내리거나"는 "덥거나"로, "눈이 내린다"는 "춥다"로 변형된다. 이 회귀와 변형은 무엇을 의미하는 것일까? 시인은 동일한 언어를 사용할 수 없었을 것이다. 동일성이란 동일한 시간과 공간을 다시 불러올 수 있는 상태가 아니라면 불가능하기 때문이다. 시는, 짧은 시간이지만, 맨 처음의 언어와 마지막 언어 사이를 흘러가는 시간 속에서 모종의 변화를 불러오게 된다. 표면상으로 동일한 언어라고 해도 그렇다. 이를테면, 첫 연에 나온 "나와 너의 사이에서"가 다시 시의 끝에 반복될 때, 이것은 앞에서 경험한 것에 대한 단순한 상기(recollection)가 아니다. 첫 연의 그것과 마지막 연의 그것 사이에는 시간을 타고 개입하는 변화가 있는 것이다. 그것이란, "너"를 중심으로 일어나는 변화이다. "너"는 "풍경"과 "여자"와 "나무"와 "사랑"으로 변모한다. 따라서 첫 연의 "너"가 불특정의 대상을 표현한다면 마지막 연의 "너"는, 라캉이 '의미의 저항선'이라고 부른 것과 같은 어떤 한계선 아래에 구체적인 대상을 거느리면서 추상된 "너"이다. "너"는 시의 진술과정을 따라 구체적 대상들을 순간적으로 드러냈다가 감추어버린다. 모종의 징후를 독자들은 여기에서 만날 수 있다.

최근의 은유와 환유론에서 지적되는 것처럼 이것은 대상을 지배하려는 시인의 욕망이 무의식적으로 표현된 것일까? 은유라고 통칭될 수 있는 이 변모를 대상 지배를 향한 주체의 자기 동일성이라고만 해석하는 것은 그러나 윤희상 시에 대한 올바른 이해가 아닐 것이다. 오히려 시는 그것을 넘어선다. 어떻게 넘어서는가 하면, 나를 분할함으로써 그렇게 한다. "너"의 변모를 진술한 연의 그 다음 연을 보자. 시인은 '네 안에 있는 나'를 이미 전제하고 있다. "내가 너의 밖으로 몰래 걸어나"오기 위해서는 그 이전에 '네 안에 있는 나'가 필요하기 때문이다. 어떤 존재도 이 논리를 뛰어넘을 수는 없다. 이것이 무의식의 운동에 의해 주어진 진술이라고 해도 그렇다. 무의식의 공간은 사건들의 시간적 배치를 혼란시키면서 형성되지만 거기에도 논리가 없을 수는 없는 것이다. "내가 너의 밖으로 몰래 걸어나"오는 행위는 따라서 이미 내가 네 안에 있는 상태를 동반해야만 한다. 그렇다면, 여기에는 급격한 비약이 있는 셈이다. 이 진술 앞에 나오는 진술들을 따르자면, "너"는 "나"의 대상으로서만 존재한다. 시인이 경험하는 것은 "나와 너의 사이에서" 일어나는 사건들이며, 그 사건들의 결과로서 존재하는 대상들이다. 니와 나의 사이가 멀고도 가까울 때 멀미, 풍경, 여자, 나무, 사랑 등이 등장한다. 이것은 "나"에게는 간대상(inter-object)이라고 할 만한 것들의 등장이다. 왜냐하면, "너"는 대상인데, 그 대상 속에 내가 있음을 통해서 "나≒너"라는 의사동일화가 일어나기 때문이다. 이 의사동일화는 "나와 너"의 사이에서 일어나는 사건들을 진술하는 위치에서 보면 그 사이를 지워버리는 동시에 동일화된 주체를 분열시키는 기능을 담당한다. 시의 언어를 빌려 말하자면, 나는 네 안에도 있고 너의 밖에도 있는 것이다. 이것을 독자들은 일단 존재의 비약이라고 부를 수 있다.

비약은 이 시에만 있는 것이 아니다. 그것은 차라리 좋은 시들의 필요조건이라고 해야 할지도 모른다. 비약을 긍정하도록 하는 언어체계 속에서 독자들은 더 많은 사유를 허락받게 되는 것이다. 더 많은 사유의 상상적 운동과 함께 시는 자신의 지평을 넓혀나간다. 이 넓힘이 무엇인가에 묶인 존재들을 어떤 한계 밖으로 나아가도록 하리라는 것도 충분히 짐작할 수 있는 일인데, 시인은 그것을 "꿈" "농담"이라는 언어로 압축한다. '농담할 수 있는 나와 너의 사이를 꿈꿀 때', 꿈이 소망 성취이고 농담이 억압으로부터의 해방과 관련된다는 사실을 알려준 사람은 프로이트이다. 물론 성취와 해방을 표현하는 언어들은 "꿈"과 "농담"이라는 언어 자체가 아니라 그것을 구성하는 구체적 사례들의 언어일 것이다.

그러나 시는 그것을 "꿈" "농담"이라는 언어로만 드러낸다. 이를테면, 내용은 없고 형식만이 있다. 우선, 시의 형식에 대한 시인의 집요한 관심을 그 원인으로 꼽을 수 있다. 독자들이 윤희상의 시에서 압도적으로 경험하는 것은 간결한 언어배치와 그것들의 반복이다. 언어, 구절, 구절의 구조가 되풀이됨으로써 시들은 내용에 비해 형식적 특이성을 부각시키게 된다. 이 특이성에 특별한 관심을 갖지 않았던 독자일지라도 시집을 읽어가는 과정에서 반복형식 구조를 지닌 시를 손쉽게 찾아볼 수 있다. 「깡통이 소다」「서랍장은 좋겠다」「삼호상가」와 같은 시가 반복을 표면화하는 전형적 예라면, 「어린이놀이터 부근」「바그다드」「미친 여자의 미소」와 같은 시는 그 반복에 변화를 준 작품들이다. 어쨌든, 형식의 반복이 두드러지게 눈에 띈다는 것은 그 반복이 간결하게 표면화되어 있다는 사실을 뜻한다. 이 간결한 형식이 "꿈" "농담"이라는 언어 자체의 사용과 어떤 관련을 맺고 있는가를 알아보기 위해서는 그 다음으로 나아가야 한다. 이 간결한 반복형식은 동시에 시적 대상들에 대한 추상의 과정과 관련된다는 사실이 그것이다. 추상은 물론 관념의 형식이 아니다. 추상은 차라리 구체들의 공통감각의 표현이라고 해야 할 것이다. 이때, 윤희상 시의 근본 원리가 밝혀진다. 시는 흔히 언어의 경제를 실현하는 미적 구성체라고 알려져 있다. 시는, 그러니까, 압축을 통해 의미의 확장을 기도하는 언어구성체이다. 윤희상의 시가 바로 그 적절한 예인데, 그의 시들은 시적 주체의 정동을 표현할 때에도 냉담한 관찰이 시선을 멈추지 않는다. 대부분의 시가 그렇다. 「마음」이나 「田榮鎭」 같은 시편들을 예로 들 수 있을 것이다. 여기에는 독자들이 서정시에서 기대하곤 하는 정서적 율동이 없다. 있는 것은 그 마음의 풍경들이 형성하는 모습들 그 자체뿐이다. 비극도 여기에서는 철저한 대상이 된다. 이 관찰자의 시선이야말로 윤희상의 시를 언어적 수다스러움으로부터 벗어날 수 있도록 하는 요인일 것이다. 그리고 이 시선이 공통감각을 지각하고 간결한 형식의 반복으로 시적 대상을 추상하도록 할 것이다.

이 추상의 전형적인 예는 「검색창, 세상에서 가장 큰 입」「下棺을 마친 뒤에 울었다」「아이들아, 재래식 화장실은 무섭지 않다」이다. 시집에 연속해서 실려 있는 이 시들이 모두 가로로 누워 있는 직사각형이라는 표현을 얻을 때 독자들은 공통의 그 무엇을 지각하게 된다. 물론 시의 소재 자체가 공통성을 가지고 있기도 하다. 검색창도 관도 재래식 화장실의 오물통 입구도 모두 직사각형이라는 사실이 그것이다. 그렇지만 시인이 그것을 확인하기 위해 시를 쓰지는 않았을 것이다. 어떤 까닭이 있는 것일까. 형태적 유사성을 제외하고 나면, 남는 것은 검색창과 관과 오물통 입구의 의미적 유사성이다. 그러나 그 의미가 단일하게 고정될 수는 없다. 가령, 그 세 가지 시적 소재는 모두 무엇인가를 담아놓는 기능을 담당한다는 점에서 유사하지만, 그것들의 의미는 상식적인 차원에서는 물론이고 그 상식에 기반할 수밖에 없는 시적 의미에서도 큰 차이를 야기한다. 중요한 것은, 그 차이에도 불구하고 그것들이 직사각형으로 표현된다는 사실이다. 이를테면, 추상의 영역에서 그것들은 모두 동일한 표현을 얻는다고 할 수 있다. 이를 반복의 의미론으로 이해하는 일이 필요한 것은 그 때문이다. 추상이 공통의 자질들에 대한 표현의 결과라면, 위의 시들에서 직사각형이라는 공통된 표현은 그 공통 자질들의 반복과 같은 것이다.

이 글의 첫 부분에서 이미 진술된 내용을 다시 불러올 필요가 있겠다. 그것은 ①반복은 동일한 것들의 회귀를 부정함으로써만 가능한 반복이고, ②시적 표현들의 반복은 동일성과 비동일성이 각축을 벌이는 과정이자 언제나 과정만이 반복되는 과정이며, ③시집의 예표로서, 윤희상은 그 반복의 과정을 '사이'이자 '거리'로, 그 '사이'와 '거리'를 채워넣는 무정형의 힘들로 바꿔부르고 있다는 점이었다. 첫째, 반복의 비동일성은 반복되는 것들의 구체 때문에 발생한다. 하나의 실체는 구체적인 양태로만 드러난다고 할 수도 있겠다. 더구나 양태가 존재하는 것은 언제나 주어진 맥락 속에서만 가능하기 때문에, 그 맥락과 함께 의미의 차이가 실현될 수밖에 없다. 둘째, 표현들은 대상의 공통적인 자질들을 포함한 채 구체들의 차이를 통해 의미확장 과정에 언제나 열려 있다. 셋째, 이 반복의 과정이 '사이'와 '거리'로 환언되기 때문에 결국 윤희상의 시편들 전체가 반복의 사이와 거리 속에 들어가게 된다. 반복의 형식으로 구성된 서시가 예표인 이유는 여기에 있다.

추상과 구체 중에 어떤 것이 시적 표현으로 나타나는가 하는 점에 정해진 규칙은 없다. 이것을 정하는 힘은 시인의 내재적 능력일 텐데, 이 능력들이 펼쳐지는 과정이 곧 지속적인 시작 과정에 해당할 것이다. 다시 시로 돌아가보자. 「농담할 수 있는 거리」에서 그것은 추상을 선택하는 것으로 나타난다. "꿈"과 "농담"은 모종의 해방을 예감케 하는 추상의 언어이다. 이 언어들은 그러므로 시 전체에 걸쳐 다시 구체적으로 의미화되어야 한다. 여기에도 눈에 보이지 않는 반복이 있다. 이 의미론적 반복이 시에 리듬을 형성시킬 것이다. 내재율이 바로 그것이다. 독자들은 "꿈"과 "농담"이라는 추상의 차원을 시의 1, 2, 3연에서 진술되고 있는 것들, 예컨대 바람, 비, 눈, 멀미, 풍경, 여자, 나무, 사랑, 이탈 등등으로 구체화해서 재해석해야 한다. 그리고 그 재해석은 다시 추상으로 귀결된다. 시의 마지막 행 "또 바람이 불고, 덥거나, 춥다"는 시의 첫 부분이 변모를 이룬 채 반복되는 구절이다. '바람이 불고(1연) → 바람이 불고(6연)' '비가 내리거나(1연) → 덥거나(6연)' '눈이 내린다(1연) → 춥다(6연)' 의 반복과 변모에는 무시하지 못할 차원 이동이 있다. 특히 "덥거나, 춥다"(6연)에서 뚜렷한 그 이동은 "비가 내리거나, 눈이 내린다"(1연)의 공통적 자질을 추상시킨 것으로 주목될 만하다.

이렇게 보면, 「농담할 수 있는 거리」는 반복의 의미론을 직접 형식화한 작품이라고 정의될 수 있는 특징을 갖춘 셈이다. 반복은 그러나 비동일성을 불러올 뿐이다. 주제의 측면에서 본다면, 「농담할 수 있는 거리」는 사랑하는 대상에 대한 갈구를 표상하지만, 동시에 시는 그 대상이 언제나 유예되는 순간을 형식화한다. "농담할 수 있는 거리"는 대상과 좀더 가까워진 거리를 의미할 것이다. 그러나 그것은 이루어질 수 없는 꿈이고, 따라서 대상과 함께 만드는 '거리-사이'는 영원히 반복될 수밖에 없다. 윤희상의 시에 언제나 결여와 부재의 분위기가 그림자처럼 따라붙는 것—시에서는 이것이 냉담한 관찰의 목소리로 나타난다—은 이 때문일 것이다. 그의 시는 충만한 환희의 시가 아니라 아쉽고 쓸쓸한 목소리의 시이다. "바람이 불고, 비가 내리거나, 눈이 내리"는 "나와 너의 사이"에서만 그런 것이 아니다. 그의 대부분의 시에 그 목소리가 나타난다.

주체와 대상 사이에는 '거리-사이'가 있다. 그렇다면, 그 '거리-사이'에는 세계의 모든 것이 들어갈 수밖에 없다. 아니, '거리-사이'는 부재의 공간이기 때문에 그것을 채워넣으려는 욕망이 세계의 모든 것을 불러온다고 할 수 있다. 이 욕망과 함께, 시의 대상이 주관적이든 객관적이든 세계 자체이기 때문에 시집은 따라서 '거리-사이'에 존재하는 세계를 형상화한 것이 된다. 윤희상의 시집을 읽는 하나의 방식이 여기에 있다. 맨 처음의 시「농담할 수 있는 거리」와 맨 마지막 시「강변에서 죽은 나무를 보았다」는 그 사이에, 그러니까 시집 전체에, 언표화된 욕망을 배치하는 처음과 끝의 사이 공간을 만들어낸다. 마지막 시를 보자.

나무가 무섭다
결코, 물러서지 않을 자세이다

번개가 쳐도

　　달아나지 않는다

　　죽어도 서서 죽는다

　　그대로 무너진다

　　오는 곳이 가는 곳이다

　　태어나고, 자란 곳이 무덤이다

　　비겁하지 않다

　　아무 일도 없었다는 듯이

　　강물을 흘려보낸다

　　　　　　　―「강변에서 죽은 나무를 보았다」 전문

　독자들은 「농담할 수 있는 거리」에서 '너'의 은유로 '나무'가 등장했었다는 사실을 기억할 수 있다. 시집의 시들은 이를테면 나무로 시작해서 나무로 끝나는 공간의 언어적 표상체들이다. 여기에도 반복이 있다는 점, 그 반복이 비동일성의 반복이라는 점은 이제 마치 필연이었다는 듯 드러난다. 시인은 "나무가 무섭다"고 쓴다. 이 진술은 대상을 만나는 시적 주체의 한 가지 태도를 시사하는데, 이것이 한 가지 태도인 것은 「농담할 수 있는 거리」에서 나무를 바라보는 태도와 이것 사이에 무시하지 못할 차이가 있기 때문이다. 「농담할 수 있는 거리」는 '너=나무'라는 은유 속에서 너의 다양체로서 '나무'를 드러낸다. 이때, 나무는 시인이 도달해야 할 사람이거나 장소이거나 의미일 것이다. 특히 '나'와 '너'라는 인칭대명사가 등장하는 정황 속에서 그것은 연인과 같은 존재의 은유를 형성한다. 요컨대 그것은 갈구의 대상이지 경원의 대상이 아니다. 이에 비해 「강변에서 죽은 나무를 보았다」에서 "나무가 무섭다"고 말하는 것은 갈구의 대상이었던 나무가 외경의 대상으로 변모한 상태에 대한 심정의 표현이다. 이렇게 '갈구'에서 시작하여 '외경'에 이르기까지의 변모―이것은 심정의 변모일 수도 있고 대상의 다양화일 수도 있다―를 위해 시집 전체가 움직인다고 말하는 것은 과장일 수는 있겠지만 온전히 틀린 말은 아니다.

특히 시집의 시들이 배열되어 있는 형식을 고려할 때 더욱 그렇다. 주제 내지 시기에 따라 부(部)를 나누는 것과 같은 통상적인 시집의 배열방식은 윤희상의 시집에서 전적으로 무시된다. 첫 시집 『고인돌과 함께 놀았다』도 마찬가지인데, 처음부터 마지막까지 시들은 그저 말갛게 정렬되어 있을 뿐이다. 어떤 기준에 의한 순서인지를 알려주는 정보도 없다. 물론 기준이 없지는 않을 것이다. 가령, 시를 모종의 기준으로 나누어보는 일을 부정하는 심미적 판단이 작용할 수도 있는 것이다. 모든 시에 특정한 의미의 층위를 따르는 굴곡을 부여하지 않으려는 마음이 바로 그것일 것이다. 이 마음이 눈앞의 대상에 인위적인 강제를 쏟아붓지 않으려는 태도와 관련된다면, 이것은 그의 시편들의 언어적 특징, 즉 대상을 투명한 상태 자체로 표현하는 특징의 원인이라고도 할 수 있다. 윤희상의 시가 최근의 한국시에서 독보적으로 차지하고 있는 위치는 바로 이곳이라고 여겨진다. 언어가 흘러넘치지도 않고 정서의 질곡이 두드러지지도 않는다. 그의 언어들은 사물과 사건들을 '시적 표현'이라는 명분 아래 변형시키지도 않는다. 가령,

> 강물이 넘친다
> 강물이 들판을 덮고,
> 강물이 마을을 덮는다
> 강물 위로
> 지붕이 뜬다
> 지붕이 떠내려간다
> 지붕 위에
> 닭 두 마리
> 앉아 있거나
> 서 있다
>
> 사람은 없다
>
> ―「홍수」 전문

고 시인이 쓸 때, 홍수가 넘실대는 마을의 풍경은 인간적 척도가 개입할 여지가 없는 대상의 투명성 그 자체로 의미를 만들어 낸다. 「어느 장례식」과 같은 시도 마찬가지다. 이때 의미는 들뢰

즈가 말한 바의 비인간적 퍼셉트와 어펙트가 작용한 결과일 것이다. 시인 스스로도 "사람은 없다"고 쓰는 것이 단지 우연은 아닌 이유가 여기에 있다. 윤희상의 시들이 의미의 기미를 만들어내는 것은 대부분 이런 방식을 통해서인데, 다소간의 정서적 변용이 있을지라도 대상 자체를 변형시키는 것과 같은 과도한 언어적 정서적 낭비를 그의 시에서는 찾아보기가 힘들다.

그러므로 변모가 있다면, 그것은 시인의 인위적 작도(作圖)가 크게 작용하는 데 이유가 있는 것이 아니다. 차라리 변모는 대상 자체의 맥락에 따른 것일 가능성이 크다. 위에서 말한 '갈구'로부터 '외경'에 이르기까지의 과정적 변모는 예의 '거리-사이'가 포함하고 야기하는 세계의 전개과정 바로 그것이다. 시집의 시는 그 '거리-사이' 안에서 펼쳐지는 세계의 진면모 전체를 언어화한 것들인 셈이다. 물론, 변모만 있지는 않다. '갈구'이든 '외경'이든 그 태도는 대상에 다가가려는 의도를 포함한다. 나무가 무서운 것은 그것의 강인한 자세 때문이다. 그렇지 않다면 「강변에서 죽은 나무를 보았다」에 드러나는 것과 같은 감탄은 존재할 수 없을 것이다. 대상에 대한 이 사심 없는 태도가 시의 비인위적 정서들을 형성한다고도 할 수 있다. 그 결과 그의 시들은 맑고 간결한 언어로 대상들을 그 자체로 풀어놓는 사랑의 성채이다. 그의 사랑은 뜨겁고 화려한 것이 아니지만, 언제나 아무렇지도 않게 옆에 있는 사랑이다.

왜, 여행이 시작되었는지

나는 말하고 싶지 않다

나는 모른다

유성 시외버스 정류장에서

공주로 가는 버스를 탔다

버스는 구불구불한

흙길로 접어들었고,

나는 버스가 빨리 가도 좋고,

늦게 가도 좋다

창 밖으로 눈이 내린다

바람이 분다

다시 눈이 내린다

그럴 때마다

버스에서 어떤 사람은 내리고,

어떤 사람은 탄다

굳이, 목적지를 두고 떠난 것도 아니지만,

버스는 간다

—「유성에서 공주로 가는 길」 전문

윤희상의 시에서는 "여행"을 '사랑'으로 바꿔 불러도 좋다. 그는 왜 '여행-사랑'이 시작되었는지 모른다. 버스가, 그러니까 사랑이 빨라도 좋고 느려도 좋은 순간에 눈이 내리고 바람이 불고 다시 눈이 내린다. 버스에서 내리는 사람이 있고 버스를 타는 사람이 있다. '버스-여행-사랑'은 그 사건들과 사물들이 펼쳐지는 세계의 이편에서 저편으로 간다. 서시의 "바람이 불고, 비가 내리거나, 눈이 내린다"는 구절이 시집의 리듬을 구성한다는 사실을 독자들은 여기에서도 확인할 수 있다. 바람이 불고 눈이 내리는 순간의 무구한 반복은 시집의 서시와 「유성에서 공주로 가는 길」에서만 나타나는 것이 아니다. 반복은 시집 도처에 변모를 이룬 채 편재한다. 이 지속적인 변모의 반복은 실로 사랑이 없으면 도달할 수 없는 것일 것이다. 시인은 그것을 짐짓 심상한 태도로 만들어내지만 여기에 뜨거움이 없다고는 누구도 말할 수 없다.

이 아주 오래된 사랑의 저 밑에 지속적으로 반복을 만들어내는 무엇인가가 없다면, 무수히 많은 기표들의 되풀이는 다만 형식에 지나지 않을 것이다. 시인은 왜 저 뜨거운 사랑을 심상한 태도로 감추면서 끝내 언어의 표면으로 끌어내는 것일까. 결코 지워질 수 없는 화인이 그의 청춘에 새겨졌기 때문이다. 그 화인은 1980년 광주에서의 비극이리는 사실을 지적해두기로 하자. 시의 전체적인 형식이 첫 시집 『고인돌과 함께 놀았다』와 두번째 시집 『소를 웃긴 꽃』에서 크게 달라지지 않은 채 반복된다는 점도 고려해야 힐 것이다. 이를테면, 트라우마와도 같은 어떤 결락이 그의 삶에 생겼고, 그것이 변모를 이루는 기표들의 반복의 원인이 되는 것이다. 첫 시집의 한가운데에 시집의 핵심

이라는 듯이 꽂혀 있는 시는 「198052703時15分」이다. 계엄군이 밀려올 때 "대학생 형들은 떠나고/나는 이불 뒤집어쓰고/울었다"라고 그는 썼다. 막막한 무력감은 이번 시집에서도 반복된다. 그 경험 이후의 기억들을 확장하는 시는 「田榮鎭」 「영진이 여동생」 「칼에 갇힌 사내」 「光州 五月團」이다. 독자들은 시인이 바로 계엄군의 "칼에 갇힌 사내"로 상징되고 있음을 알 수 있다. 더구나 그는 "1980년 5월 이후로,/나의 안에서 이십여 년 동안 암약해온 무력 집단"에 대해 진술한다. 「光州 五月團」은 그러므로 삶을 무력하게 만드는 결락을 어느 정도 해결해줄 수 있는 심리적 기제를 형성한다고 할 수 있다. 물론 그것으로 족한 것이 아니다. 시인이 직접 진술하고 있지는 않지만, 끝내 해결되지 않는 무엇인가가 여전히 시인의 기표들을 반복의 구조 속에 남아 있게 만들 것이다. 그것은 해결될 때까지 변모의 반복을 이룰 수밖에 없다. 모종의 징후를 독자들이 만날 수 있다고 앞에서 썼던 이유가 여기에 있다. 이 징후를 보여주기 위해 시집이 만들어졌다고 할 수도 있다.

그의 시의 반복과 '거리-사이'의 과정적 변모와 사랑에 대해 말한 후, 따라서 윤희상의 시집 끝에 이 글의 초두를 반복하는 것이 전혀 엉뚱한 일은 아닐 것이다. "기표의 반복은 기의의 반복을 동반할 수밖에 없다. 이 반복은 그러나 동일한 것들의 회귀를 부정함으로써만 가능한 반복이다. 아니, 그 이전에 동일한 것의 회귀는 그 부정마저도 일어날 수 없을 정도로 불가능하다고 해야 할 것이다. 이미 과거로 흘러간 사건은 저 캄캄한 심연의 무형적 에너지로 변해 있을 뿐이다. 동일한 형식은 오직 기억의 형식을 통해서만 되돌아오지만, 기억은 언제나 현재적 맥락 아래에서만 의미를 부여받을 수 있다." 그 기억으로부터 해방될 수 있는 현재적 맥락을 어떻게 만날 수 있는가 하는 문제가 독자들의 몫이라는 사실을 말하는 것은 괜한 일일 수도 있다. 윤희상의 시는 그것의 첫 출발점이다. 시편들 사이에 맑은 정서의 대상들로 채워진 '사이 공간'이 있고 독자들은 자신들의 기억과 이념으로 그것을 채워서 새 시간들을 만들어내야 한다. 이것은 모두에게 공통적인 기억과 삶이 여전히 있다는 사실을 인정하는 사람에게만 가능한 일일지 모른다. 아니, 그것이 없을지라도 그것을 있게 만들려는 행위 속에서만 가능한 일일지 모른다. '없음' 혹은 "부재"에 대해서는 이미 많은 사람들이 충분히 경험해온 바가 있기 때문이다. 윤희상의 첫 시집에 실려 있는 「不在를 사랑함」이 계속 반복해서 읽혀져야 하는 것은 그 때문이다. '부재의 찬바람' 속에서는 모두가 언제나 그렇다. 그래시 새 시간들이 만들어시는 때가 되면 윤희상의 시가 좀더 뜨거워질 수 있으리라고 말해도 좋다.

소를 웃긴 꽃
ⓒ 윤희상 2007

1판 1쇄 | 2007년 6월 8일
1판 3쇄 | 2025년 1월 15일

지은이 윤희상
책임편집 조연주 최유미
디자인 송윤형 이원경 | 저작권 박지영 형소진 최은진 오서영
마케팅 정민호 서지화 한민아 이민경 왕지경 정유진 정경주 김수인 김혜원 김예진
브랜딩 함유지 함근아 박민재 김희숙 이송이 김하연 박다솔 조다현 배진성
제작 강신은 김동욱 이순호 | 제작처 한영문화사

펴낸곳 (주)문학동네 | 펴낸이 김소영
출판등록 1993년 10월 22일 제2003-000045호
주소 10881 경기도 파주시 회동길 210
전자우편 editor@munhak.com | 대표전화 031) 955-8888 | 팩스 031) 955-8855
문의전화 031) 955-2696(마케팅) 031) 955-1920(편집)
문학동네카페 http://cafe.naver.com/mhdn
인스타그램 @munhakdongne | 트위터 @munhakdongne
북클럽문학동네 http://bookclubmunhak.com

ISBN 978-89-546-0303-4 03810
* 이 책의 판권은 지은이와 문학동네에 있습니다.
 이 책 내용의 전부 또는 일부를 재사용하려면 반드시 양측의 서면 동의를 받아야 합니다.

잘못된 책은 구입하신 서점에서 교환해드립니다.
기타 교환 문의 031) 955-2661, 3580

www.munhak.com